Dedicado a todos los niños y niñas del mundo, con la ilusión de que construyan un mundo mejor.

Begoña Ibarrola

Para Elías y Sabela, que me inspiran en cada proyecto.

Blanca Millán

¡Estoy muy enfadado!

Cuentos para gestionar frustraciones

Begoña Ibarrola

Ilustraciones de Blanca Millán

Beascoa

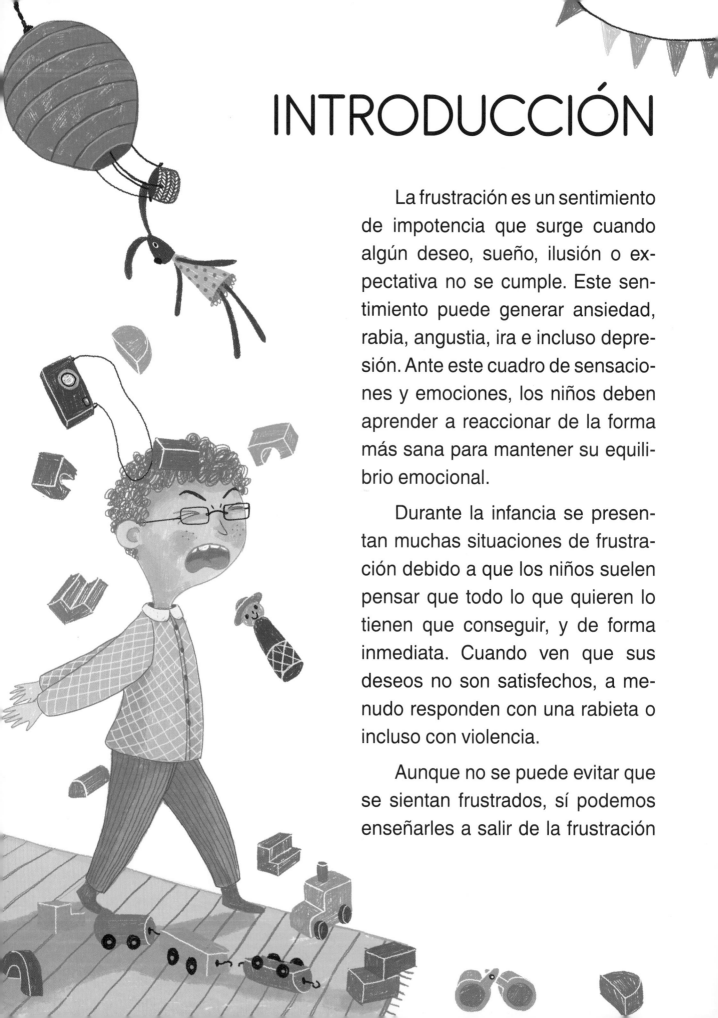

INTRODUCCIÓN

La frustración es un sentimiento de impotencia que surge cuando algún deseo, sueño, ilusión o expectativa no se cumple. Este sentimiento puede generar ansiedad, rabia, angustia, ira e incluso depresión. Ante este cuadro de sensaciones y emociones, los niños deben aprender a reaccionar de la forma más sana para mantener su equilibrio emocional.

Durante la infancia se presentan muchas situaciones de frustración debido a que los niños suelen pensar que todo lo que quieren lo tienen que conseguir, y de forma inmediata. Cuando ven que sus deseos no son satisfechos, a menudo responden con una rabieta o incluso con violencia.

Aunque no se puede evitar que se sientan frustrados, sí podemos enseñarles a salir de la frustración y a superarla, aumentando así su nivel de tolerancia.

Los niños con baja tolerancia a la frustración o que no saben manejarla tienen dificultades para controlar sus emociones, tienden a la depresión o a la ansiedad, son más impulsivos e impacientes, buscan satisfacer sus necesidades de forma inmediata, son muy exigentes y radicales, de forma que no aceptan negociar o esperar, y les cuesta comprender por qué no se les da lo que piden.

Aprender a manejar la frustración y a convivir con este sentimiento molesto los ayuda a enfrentarse de forma positiva a diferentes situaciones de la vida y a superar los obstáculos con buen ánimo. Ello mejora su autoestima y resiliencia, favoreciendo su bienestar emocional.

ÍNDICE

Lira y el viento

En muchos lugares del mundo hay niñas como Lira, que sonríen poco y pasan demasiado tiempo con el ceño fruncido.

Lira se despierta enfadada porque a ella le gustaría seguir durmiendo.

Cuando llega al colegio, sigue enfadada porque le gustaría quedarse a jugar en el parque que hay justo al lado.

Pero, cuando sale del colegio, también está enfadada porque en clase se lo pasa muy bien y le gustaría quedarse allí más tiempo.

En el parque también se enfada cuando no le dejan subir al tobogán o cuando su abuelo empuja demasiado fuerte el columpio.

Y por la noche se acuesta enfadada porque le gustaría ver un rato más sus dibujos preferidos.

Si a la hora de comer hay verdura, protesta porque quiere macarrones; si hay macarrones, protesta porque el tomate que le han puesto no le gusta, y se los come enfadada.

Cuando su padre la lleva al colegio, le gustaría que la llevara su madre y, cuando su madre la acompaña, se queja de que va muy deprisa y de que no puede ver los escaparates de las tiendas.

Pero… ¿qué le pasa de verdad a Lira? Nadie lo sabe. Solo el viento conoce el motivo porque la escuchó gritar una tarde en el parque cuando nadie la veía ni podía oír su voz.

Esa tarde el viento estaba también muy enfadado y soplaba con fuerza, aullando al entrar por las rendijas de las puertas y ventanas de las casas.

Aquel día Lira estaba muy asustada. Le daba miedo que el viento se la pudiera llevar. Su abuelo le había contado que al viento le gustan los niños tristes o enfadados. Le dijo que, a veces, cuando se encontraba con un niño triste, le hacía cosquillas detrás de las orejas o revolvía su pelo hasta hacerle reír. Pero otras veces, cuando se encontraba con un niño enfadado, se le llevaba volando durante un rato; después le devolvía a la tierra para que viera todo de una forma diferente al regresar de su aventura por las nubes.

Por eso, aquella tarde, cuando el viento comenzó a soplar con fuerza, Lira le dijo gritando con todas sus fuerzas:

—¡Vete de aquí, viento tonto!

Y, para su sorpresa, el viento le contestó:

—¡Vete tú, niña enfadada!

Lira, indignada, gritó aún más fuerte:

—¡Aquí vivo yo, y yo no te quiero!

Entonces el viento le susurró al oído:

—Pues yo vivo donde quiero, niña enfadada, y yo a ti… sí te quiero.

Lira se quedó quieta, sorprendida por aquella respuesta, y entonces ocurrió algo muy especial: una suave brisa comenzó a soplar detrás de sus orejas y su melena empezó a moverse con suavidad como si fuera una ola.

Hacía mucho tiempo que a Lira no le entraban ganas de reír, pero no pudo aguantarse más y sus risas se oyeron por todo el parque.

—¡Déjame, viento! ¡No me hagas más cosquillas! —le dijo riendo.

—Solo lo haré si me dices una cosa que quiero saber.

—¿Qué cosa? —preguntó ella.

—¿Por qué estás siempre tan enfadada?

Lira se puso seria, bajó la cabeza y le contestó con voz temblorosa:

—Porque nadie quiere ser mi amigo y estoy mucho tiempo sola.

En ese instante, el viento la rodeó en un abrazo mientras le decía:

—Si quieres, yo seré tu amigo y estaré siempre contigo. Cuando veas que se mueven las hojas de los árboles, ahí estaré. Cuando levante las hojas del suelo y me las lleve volando, ahí estaré. Y, cuando veas que se agita la ropa tendida, sabrás también que estoy a tu lado.

Lira se quedó pensativa y le preguntó:

—¿Y cuando soplas tan fuerte y te llevas volando los sombreros y paraguas es que estás enfadado?

—No siempre, pero a veces soplo tan fuerte que yo mismo me asusto.

—¿Y cuando soplas muy suave es que estás contento?

—Puede ser… Y otras veces es porque estoy solo y quiero compañía.

—¿Y qué te pasa cuando no soplas?

—Pues que estoy cansado, o dormido, y otras veces me quedo en silencio para escuchar.

—¿Y qué escuchas?

—Tantas cosas… El canto de los pájaros, el ruido de los coches, la música, los grillos, y también los gritos de algún niño que está enfadado o el llanto de otro que está triste.

—¿Y qué haces con los niños enfadados? Mi abuelo dice que te los llevas…

El viento se echó a reír.

—No —dijo—. Solo les hago cosquillas y muevo su pelo para que me sientan cerca y su enfado desaparezca.

De pronto Lira se quedó callada. Escuchaba un sonido que le resultaba familiar: era el llanto de una niña. Se acercó hasta ella y le preguntó:

—¿Qué te pasa? ¿Por qué lloras?

—Nadie quiere jugar conmigo… —respondió entre sollozos.

—¿Quieres que juguemos juntas? Yo tampoco tengo amigos…

La niña la miró con grandes ojos tristes y le preguntó:

—¿Cómo te llamas?

—Me llamo Lira, ¿y tú?

—Me llamo Sara. ¿A qué jugamos?

—Puedo llamar a mi amigo el viento y pedirle que sople fuerte para que podamos dar vueltas y vueltas hasta volar.

Entonces el viento sopló y sopló mientras las risas de las niñas, que giraban entusiasmadas, llenaron todos los rincones del parque.

Y desde aquel día, casi todas las mañanas Lira se levanta de la cama contenta porque, desde que dejó de fruncir el ceño y empezó a sonreír, también tiene amigos en su clase.

Y le da igual quién la lleve al colegio y qué le den para comer, porque, aunque sabe que algunas cosas le gustarán más que otras, ya ha entendido que no puede elegir siempre ella.

Le gustaría que todo el tiempo brillara el sol, pero ya sabe que no puede mandarles a las nubes que se vayan a otro lado, ni puede hacer que desaparezca la noche.

También está contenta porque al salir del colegio va a jugar con Sara y otros niños que ha conocido en el parque.

A veces, de tanto jugar con sus amigos, se olvida del viento. Y este sopla detrás de sus orejas y mueve su pelo para que recuerde que su amigo siempre está con ella.

Tips para familias y educadores:

A veces los niños pasan por momentos en los que parece que nada les gusta o satisface, en los que todo les incomoda y molesta, o en los que se enfadan por cualquier cosa. Conviene observar si se debe a alguna situación concreta por la que están pasando o si es su forma habitual de respuesta, en cuyo caso es importante averiguar el motivo de su malestar y plantear algunos cambios en la dinámica familiar o en el entorno.

Detrás de un ceño fruncido no siempre existe la emoción de la rabia o del enfado, pues pueden esconderse la tristeza, la ansiedad o incluso el miedo. En este cuento podemos ver cómo la actitud de Lira responde a la tristeza por pasar mucho tiempo sola y no tener amigos.

Puede parecer difícil, pero, a veces, simplemente cuando los niños expresan lo que sienten y notan que son escuchados por el adulto (en el caso de este cuento por parte del viento), se provoca en ellos un cambio de actitud.

Es importante que el niño comprenda que, si siempre está de mal humor, los otros niños no van a querer estar con él y que, por tanto, será más difícil que tenga amigos. Sin embargo, al cambiar su actitud y empezar a sonreír, los demás querrán estar con él y podrá empezar a relacionarse de forma positiva con los demás. Es en ese momento cuando existe la posibilidad de tener amigos. A veces entran en un bucle: se enfadan porque están solos, y están solos porque nadie quiere estar cerca de alguien que se enfada por todo. Debemos ayudarle a romper ese bucle.

Aceptar las cosas que no se pueden cambiar es un aprendizaje que el niño debe hacer. En la vida no todo se puede elegir y, en parte, el secreto de la felicidad está en aceptar lo que no se puede cambiar y disfrutar tanto del sol como de la lluvia, aunque nos guste más un día soleado que uno lluvioso.

También es necesario que comprenda que todo no lo puede elegir, que hay cosas que debe aceptar, pues no está en sus manos cambiarlas. Podéis hacer una lista de cosas que sí se pueden cambiar y otras que tiene que aceptar.

Los adultos debemos encontrar algunos ámbitos en los que sí pueda elegir para que se sienta poderoso y tenido en cuenta. Estas pequeñas elecciones le permitirán aceptar mejor las cosas impuestas, a la vez que mejorarán su capacidad para empoderarse y su autoestima.

Es muy útil enseñarle formas diferentes de calmarse, por ejemplo a través del humor, que es una estrategia que puede ayudar a cambiar una actitud huraña por una más conciliadora y cercana.

En este cuento, Lira se queda muy extrañada al recibir una contestación que no esperaba del viento. Cuando un niño dice «no te quiero», espera que la otra persona le diga lo mismo; sin embargo, es una lección importante comprender que, a veces, cuando el niño necesita más amor es cuando te lo va a pedir de la forma menos adecuada. Esa mirada empática del adulto es necesaria en las relaciones familiares y también en el aula.

Al final del cuento Lira empieza a prestar atención a los demás y aprende a escuchar lo que pasa a su alrededor. Este es el comienzo de la empatía, y es esta habilidad emocional tan importante la que le permite salir de la soledad y encontrar amigos.

Mi amiga
Nieva

Era una tarde de abril llena de cantos de pájaros y flores recién abiertas. El parque estaba precioso, y muchos niños jugaban y reían sin parar mientras sus padres o abuelos los miraban sonrientes desde un banco. Pero el abuelo de Bruno no sonreía. Estaba muy preocupado porque su nieto corría solo entre los árboles, hablaba solo y jugaba solo.

—¡Bruno! —le gritó—. ¿Por qué no juegas con otros niños?

—Porque estoy con mi amiga Nieva y a ella le gusta estar solo conmigo.

El abuelo se levantó inquieto del banco, se acercó hasta donde estaba y le dijo muy serio:

—¿Por qué me mientes? Yo no veo a tu amiga.

—Porque es invisible, abuelo, y menos mal. Nieva es una leona blanca y es mi mascota. Si los otros niños la ven, saldrán corriendo y gritando espantados, y yo no quiero que se asusten.

El abuelo de Bruno movió la cabeza sin saber muy bien qué hacer. ¿Sería bueno preguntarle más cosas de su amiga y seguirle la corriente? ¿O quizás era mejor no darle importancia y dejarle jugar tranquilo?

—Dile a tu amiga Nieva que me gustaría conocerla —le dijo mientras tomaba la decisión de seguir la corriente a su nieto.

—Te oye, abuelo, y me dice que un día dejará que la veas, pero con una condición: no debes decir nada a nadie. Si alguien se entera de su existencia, la llevarán a un zoo y eso a ella no le gusta nada nada.

—¿Y dónde vive? —le preguntó curioso.

—¡Pues dónde va a vivir! ¡Conmigo, abuelo! Ya te he dicho que es mi mascota y las mascotas viven en casa con sus dueños, ¿no?

Bruno echó a correr y el abuelo volvió a sentarse en el banco. Desde luego, a su nieto le pasaban cosas muy raras desde la separación de sus padres. Ahora entendía por qué en vez de gritar, como cualquier niño, gruñía; y, en vez de poner cara de enfado cuando algo le molestaba, levantaba los brazos y ponía las manos como si fueran garras haciendo el gesto de arañar. Al principio su madre no le hizo mucho caso, pero ahora él comprendía el motivo: se comportaba como su amiga la leona.

Una tarde, al salir del colegio, su abuelo le dijo:

—Antes de ir a casa hoy vamos a pasar por el zoo, a ver qué le parece a tu amiga el lugar y así de paso conoce a otras leonas. Seguro que le hará ilusión.

—Nieva no quiere ir, y yo tampoco —contestó muy enfadado.

—Pues en esta vida no puedes hacer solo lo que tú quieres, así que seguidme los dos.

Malhumorado y cabizbajo, Bruno siguió a su abuelo hasta el zoo, donde se pararon frente a la jaula de los leones. Entonces su abuelo dijo:

—¡Qué raro! ¿Has visto? No hacen ni caso a tu leona. ¿Por qué no se acercan a olfatearla? ¡Qué maleducados!

El niño se echó a llorar, pero su abuelo le abrazó y le dijo:

—No llores, Bruno… A lo mejor es que solo se hace visible para ti… ¡Menuda suerte es tener una amiga como Nieva!

Bruno le miró a los ojos sorprendido y dijo entre suspiros:

—Sí, eso es, seguro que Nieva no se deja ver porque es blanca. Es diferente a las demás leonas, y eso a los leones no les gusta.

Volvieron a casa en silencio, el abuelo pensando en su nieto y Bruno pensando en su amiga Nieva. Le daba mucha pena porque, al ser una leona blanca, era distinta a todas las demás leonas. Era un poco como él, diferente a los demás compañeros: más bajito, más delgado, con gafas y encima pelirrojo.

Al día siguiente, mientras desayunaba, la madre de Bruno le dijo:

—Hijo, me ha dicho el abuelo que tienes una amiga muy especial que se llama Nieva. Me gustaría conocerla.

—Bueno, sí… Nieva es mi mascota, pero es invisible… No creo que puedas verla. Es una leona blanca.

Pero su madre no se rio ni le miró de forma extraña como había hecho el abuelo, sino que le dijo:

—Pobrecilla... Qué sola se tiene que sentir. Si fuera visible seguro que podría jugar con otros niños y yo le prepararía cosas ricas para comer. Además, al ser diferente, a lo mejor las otras leonas no quieren ser sus amigas.

—Nieva solo quiere estar conmigo, no le gusta la gente ni le importa que las otras leonas no le hagan caso —contestó Bruno enfadado.

—O a lo mejor es que se enfada mucho y gruñe, y eso no les gusta a los demás —añadió su madre.

Bruno miró a su amiga Nieva y se calló. Pero algo cambió en su relación a partir del comentario de su madre.

Una tarde de domingo, mientras Bruno jugaba con su primo en la habitación, algo pasó y los juguetes salieron volando por los aires. Su madre se acercó corriendo.

—¿Qué ha pasado aquí?

—Ha sido Nieva, mamá, se ha enfadado porque ha perdido conmigo en el juego.

—Pues ya puedes ir recogiendo todo, a ver si tu amiguita te ayuda.

Y el lunes Bruno se volvió a enfadar porque Nieva le había tirado la torre que con tanto esfuerzo estaba construyendo.

Y al acostarse no quiso darle un beso a su madre porque estaba enfadado con Nieva. Le había empujado mientras corría y había perdido la carrera con sus amigos, todo por su culpa.

Y al día siguiente se enfadó de nuevo, no una, sino siete veces, porque la comida no le gustaba, porque se le había olvidado la letra de una canción, porque su camiseta preferida estaba sucia… En fin, que casi todo el día se lo pasó refunfuñando por una cosa o por otra. Pero ya no pudo echarle la culpa a Nieva porque, según le contó a su abuelo, su amiga se había marchado al verle tan enfadado con ella.

Entonces a su abuelo se le ocurrió una brillante idea y le dijo:

—No te preocupes por Nieva, seguro que al final las otras leonas la aceptan como es.

—¿Y si no la aceptan volverá conmigo? —preguntó Bruno.

—Puede que sí o puede que no, pero seguro que al final se sentirá orgullosa de ser una leona blanca, un ejemplar único y especial. Por cierto, ¿quieres que te dé un masaje?

—Bueno… —contestó él, mientras se tumbaba en el sofá junto a su abuelo.

Y Bruno se relajó tanto, tanto, que casi se duerme encima del sofá.

—¿Jugamos a las cosquillas? —le preguntó su madre antes de irse a la cama.

Y Bruno se rio tanto, tanto, que se durmió sonriendo.

A veces Bruno piensa cómo se sentirá Nieva siendo una leona blanca y le da pena no volver a verla. «¿Tendrá amigos?», se pregunta. «¿La habrán aceptado aunque sea diferente?» A lo mejor, si volviera con él, le daría un masaje para que se tranquilizara, le contaría chistes y le haría cosquillas para que se riera. A lo mejor así sería una leona mucho más feliz.

Tips para familias y educadores:

🚩 Comprender que Bruno está pasando por una situación complicada, como la separación de sus padres, hace que el abuelo empiece a entender sus reacciones extrañas. Es importante que un adulto observador comprenda la conducta de un niño y a veces no son los padres, sino otros miembros de la familia o de su entorno, los que lo descubren con más facilidad.

🚩 En ocasiones los niños recurren a inventarse que tienen un amigo invisible como estrategia de defensa frente a la soledad o frente a su incapacidad de establecer relaciones sociales auténticas. Para ellos, la diferencia entre real e imaginario es una cuestión secundaria.

🚩 La función del amigo imaginario es variada: puede ayudarle a reflejarse y otras veces a confrontarse, como bien aparece en el cuento; fomenta la tolerancia del niño a la soledad, favorece su autonomía, o compensa así las experiencias que no puede controlar o que no le gustan, sus frustraciones o miedos. El niño se siente solo y encuentra esa compañía o consuelo que necesita dentro de sí mismo, gracias a ese amigo imaginario, al que puede contarle situaciones que no quiere expresar con otras personas.

🚩 A veces este amigo se convierte en una válvula de escape, como pasa en el cuento, ya que el niño le culpa de sus propias faltas y le permite comprobar los límites de sus padres. Y también le sirve para expresar esas emociones intensas que no puede manifestar de otro modo (enfado, tristeza, ansiedad o miedo).

🚩 Es importante que los adultos respeten la presencia de este amigo imaginario y que se interesen por él, abriendo así canales de comunicación que van a resultar importantes en su vida. La empatía de la madre y del abuelo de Bruno le permiten expresar sus necesidades emocionales de una forma clara, lo que además da pistas a los adultos para una intervención adecuada.

🚩 Una de las claves que se observa en el cuento es que su amiga imaginaria es una leona especial que no es como las demás. De esta forma, Bruno hace una transferencia en ella de su propia situación, puesto que se ve distinto al resto de sus compañeros. Esta es una estrategia de mucha utilidad desde el punto de vista psicológico, pues le sirve para manejar la ansiedad de percibirse diferente.

🚩 Es importante mostrar respeto al niño y, sobre todo, respetar sus sentimientos, pero también es necesario ponerle normas y límites claros, que sean constantes y congruentes, así como explicarle las consecuencias de no cumplirlos. Cuando su conducta no es la adecuada y echa la culpa a su amiga, el adulto le hace responsable a él, y eso es lo correcto.

🚩 Cualquier niño, desde pequeño, necesita aprender a entrar en calma, y para ello primero los adultos de su familia deben calmarle, a través de masajes, juegos, música, baile o cualquier actividad que le ayude a relajarse.

🚩 El humor es también un buen recurso. Las cosquillas o los juegos de imitación harán de la risa una rutina y cuando se presente una situación complicada, aprenderán a recurrir al humor para disminuir la tensión.

🚩 Vemos también en este cuento lo importante que es aprender a perder sin reaccionar de forma violenta. Debemos enseñarle que perder, equivocarse o fallar es algo natural, y no pasa nada, pero que debe reaccionar de forma adecuada porque, si no, los demás no querrán jugar con él.

El secreto
de Diana

Diana era una niña perfecta, todo lo hacía bien, a todo el mundo le parecía encantadora, era muy educada y se portaba de maravilla en todos los lugares a los que la llevaban sus padres. Por eso, ellos se sentían muy orgullosos de su hija.

Cuando estaba en el colegio, su profesor la felicitaba todos los días porque contestaba a sus preguntas con las mismas frases que él empleaba. Y, además, hacía las fichas y los dibujos muy bien y a la primera, sin usar la goma de borrar.

Sus abuelos la llamaban su princesa porque andaba como si no tocara el suelo, casi de puntillas. No quería mancharse en la cocina ni dejar que el perro saltara sobre su vestido, pues lo podía ensuciar y entonces dejaría de ser una princesa.

Pero Diana tenía un secreto que no podía contar a nadie: en su interior había un volcán, sí, estaba segura, porque a veces abría la boca y salía por ella una humareda, como hacen los volcanes antes de explotar.

Cuando descubrió esto se puso a estudiar los volcanes. Empezó a coleccionar fotos de los más importantes de la Tierra. Las ponía con una chincheta en un corcho que tenía en su habitación y debajo escribía sus nombres, algunos muy raros y difíciles de pronunciar. Porque Diana ya sabía escribir, aunque se torcía un poco.

Una tarde, al volver del colegio, Minibel, la perrita caniche de su abuela, saltó sobre ella para intentar conseguir una parte de su bocadillo. Diana abrió la boca para gritar:

—¡Vete de aquí, Minibel!

Y la cocina se llenó de humo. Diana no sabía qué hacer. Abrió las ventanas, puso en marcha el extractor y, cuando ya parecía que no quedaba rastro, entró su abuela.

—¿Qué ha pasado aquí?

—Nada, abuela, te lo prometo —dijo ella, roja como un tomate.

—Pues Minibel ha llegado corriendo al salón, muy asustada, y la cocina huele a humo.

—He intentado hacer tortitas, pero se han quemado —contestó sin mirarla a los ojos.

—Pues si querías tortitas, habérmelo dicho y yo las habría hecho encantada para mi princesa.

Su abuela le dio un beso en la frente y Diana se fue corriendo a su habitación. Estaba claro que no debía chillar, ni gritar, ni enfadarse, o su volcán despertaría y podría provocar un gran desastre.

Una mañana en el colegio se equivocó al hacer un dibujo. Como no quería usar la goma de borrar y pensaba que aquello era una catástrofe, rompió el dibujo y lo tiró a la papelera. Su profesor, al ver lo que hacía, le dijo:

—¿Qué pasa, Diana? ¿Por qué has roto tu dibujo?

—Porque me ha salido mal… —contestó ella cabizbaja.

—¿Y no sabes que puedes borrar con la goma y volver a hacerlo mejor?

Diana no pudo aguantar más y gritó:

—¡Yo no quiero borrar mi dibujo! ¡Tiene que salirme bien a la primera!

Y la clase se llenó de humo. Entonces Diana se puso aún más nerviosa y salió corriendo para que su volcán interior no explotara. Si lo hiciera…, ¿qué les podría pasar a sus compañeros y a su profesor?

Aquel incidente no pasó desapercibido para su profesor, pero, como era la primera vez que oía gritar a Diana, solo le dijo cuando volvió a clase:

—Es normal que te enfades si algo no te sale bien, pero no debes ponerte a gritar como si fuera algo espantoso. ¡Nos has asustado a todos!

Diana no dijo nada, pero pensó que se habrían asustado más si, en vez de humo, le hubiera salido lava por la boca.

43

Una tarde que estaba en el parque paseando con sus padres, quiso subirse a un tobogán. Pero sus padres no le dejaron hacerlo porque ella era una princesa y las princesas no se tiran por el tobogán. Además llevaba un vestido nuevo que se podía ensuciar.

Diana se puso furiosa. Sintió como el volcán despertaba en su interior y gritó con todas sus fuerzas:

—¡Yo no soy una princesa, soy una niña!

Y el parque se llenó de humo, aunque sus padres pensaron que era la niebla, que se había escondido entre los árboles. Menos mal que no habían visto que el humo salía de la boca de su hija porque la habrían llevado inmediatamente al médico y entonces se habría descubierto su secreto.

Los días pasaban y Diana sentía que el volcán iba creciendo en su interior. Cada día estaba más atenta para no gritar, ni enfadarse, ni siquiera protestar. Era mejor tener la boca cerrada y que todos siguieran pensando que era una niña buena y encantadora.

Pero alguien la observaba preocupada cuando se dormía. Era un hada que la acompañaba desde el día en que nació y, aunque ella no la viera, siempre estaba a su lado. A veces le susurraba buenas ideas, y otras le contaba alguna cosa divertida mientras dormía y Diana sonreía en sueños. En ocasiones la miraba con tristeza sin saber qué hacer para ayudarle a sacar ese volcán que llevaba en su interior. Por eso un día pidió a la reina de las hadas que la hiciera visible; solo así podría ayudar a la niña.

Una noche Diana se despertó sobresaltada al oír su nombre. Miró a su alrededor y no vio nada, pero, de repente, un hada apareció flotando ante ella y le dijo:

—Buenas noches, Diana, soy tu hada madrina y estoy contigo desde el día en que naciste. Soy invisible, pero mi reina me ha permitido ser visible solo por un día para hablar contigo. Es urgente que me escuches.

Diana no salía de su asombro. Estuvo a punto de gritar, pero ya estaba muy entrenada en cerrar la boca y en esta ocasión le vino bien porque habría despertado a sus padres.

—¿Y qué quieres decirme? ¿Y por qué debo escucharte? —le preguntó mientras se sentaba.

—Te contaré algo de mí para que así sepas el motivo de mi visita. Tengo un secreto: en realidad soy un hada escarmentada de ser hada, y me he convertido en bruja; una bruja buena, no te preocupes.

Diana la escuchaba con los ojos muy abiertos, sorprendida por su secreto.

El hada siguió hablando:

—Las hadas tenemos que ser perfectas y hacer nuestro trabajo perfectamente. No debemos protestar ni enfadarnos, y tenemos que estar continuamente sonrientes y cuidar nuestro aspecto para que siempre brillemos. Hasta que un día no pude más y exploté en mil pedazos de hada, y a partir de ese día decidí ser una bruja. Y ahora soy más feliz.

—Pues pareces un hada… —le dijo Diana.

—Bueno, mi aspecto es el mismo, pero por dentro soy otra. ¿No te gustaría a ti ser diferente? ¿No te gustaría sacar ese volcán que llevas en tu interior?

Los ojos de Diana brillaron de emoción y le preguntó:

—¿Y tú cómo lo sabes?

—Porque te conozco y sé que no quieres ser una princesa ni hacerlo todo bien. Sé que te gustaría ensuciarte al jugar, hacer tortitas con tu abuela, jugar con Minibel, equivocarte sin que pase nada, contestar mal una pregunta sin hacer un drama, saltar sobre los charcos, bueno, ya sabes… Y todo lo demás…

Entonces el hada le susurró al oído unas palabras secretas, y Diana dejó de ser una princesa perfecta y comprendió cómo ser de nuevo una niña normal. El hada le prometió que, si usaba aquellas palabras mágicas, su volcán interior se haría pequeño, cada vez más pequeño, hasta que un día desaparecería por completo.

Y así fue. Diana empezó a ser una niña que podía reír y llorar, enfadarse y tener miedo, y gritar de alegría o de enfado. Aprendió que los niños y niñas, los mayores y todos los seres humanos podían equivocarse, y no pasaba nada. Pero sobre todo aprendió a disfrutar de cada cosa que hacía y se relajó, por fin, se relajó, y le encantó ser una brujita buena.

Tips para familias y educadores:

🌷 Analizando las diferentes causas de las rabietas o de la mala gestión de la frustración podemos encontrarnos con el fenómeno de la represión, algo muy diferente al control emocional. Reprimir es no permitir que una emoción se exprese porque se considera negativa. El coste, casi siempre, suele ser la ansiedad, el estrés y la tensión constante.

🌷 Los niños pueden sentirse a veces confundidos y crecer pensando que mostrar las emociones está mal, lo que puede llevar al retraimiento y a dejar de comunicarse con su entorno por miedo. No expresar las emociones puede hacer que estas se somaticen, apareciendo síntomas que no corresponden a un problema físico.

🌷 Diana piensa que enfadarse, chillar o gritar no es bueno. Nadie le ha enseñado que todas las emociones son legítimas, pero que debe aprender a expresarlas de forma adecuada, y esto supone un entrenamiento día a día.

🌷 El perfeccionismo produce mucha tensión interior que, si no puede salir de alguna manera, genera un estado poco saludable y de malestar, que tarde o temprano tenderá a la explosión. En el cuento se observan las primeras señales de explosión que Diana no puede controlar, así como el miedo a que los demás descubran lo que le pasa y que ya no la quieran.

🌷 El problema del perfeccionismo en un niño suele venir por parte de los adultos que se sienten orgullosos porque todo lo hace bien, exigiéndole tanto que terminan por asfixiarle o por provocarle cualquier desequilibrio emocional.

🌷 Cuando un niño no quiere defraudar a sus padres, su nivel de autoexigencia estará muy alto, pero además los adultos no le van a permitir entrenarse en lo que significa equivocarse, fallar o no saber enfrentarse a una limitación o punto débil.

🌷 Es normal equivocarse y «borrar». Esto nunca debe ser un drama y, para ello, debemos ayudarle a aceptarlo como algo natural: que no lo esconda y, mucho menos, se avergüence de ello. Si el adulto lo acepta también en su propia experiencia, le da al niño un doble mensaje: es natural y a mí también me pasa.

🌷 Por otro lado está el tema del aprendizaje. Responder en el aula lo mismo que ha oído puede significar que tiene buena memoria, pero no necesariamente implica haber aprendido. Es bueno comentarlo con el niño para que no confunda «repetir» con «aprender» y para que descubra que puede haber respuestas creativas que impliquen un mejor aprendizaje.

🌷 La aparición del hada en el cuento marca un antes y un después. Cuando Diana comprende lo que le pasó al hada, se comprende mejor a sí misma y se da permiso para ser una niña normal, no perfecta. Es una magnífica función de espejo del cuento, que consiste en ver en un personaje lo mismo que le pasa al lector y así poder generar un cambio importante, producto de la comprensión.

🌷 Este cuento recurre a unas palabras mágicas para que el problema de Diana se solucione. Podéis jugar juntos a descubrir cuáles serían sus palabras elegidas y, aprovechando el ejemplo, buscar otras que le ayuden a expresar sus emociones de forma correcta o a salir de un enfado.

Un poco de magia

El duende Trastolín vivía con sus padres y hermanos en un bosque precioso. Su casa estaba en el interior del tronco de un gran árbol, a salvo de las miradas de los paseantes e incluso de los animales que allí vivían.

Los padres de Trastolín estaban preocupados por él porque se enfadaba mucho cada vez que tenía que esperar y gritaba a sus hermanos cuando no hacían lo que él quería. Y a ellos no les gustaba nada su mal humor, así que le dejaban solo.

Cada vez que quería algo que no le daban en el momento gritaba:

—¡Lo quiero ahora! ¡Lo quiero ya!

—Pero, hijo —contestaba su padre—. Tienes que esperar un rato, ahora no puedo jugar contigo.

Entonces Trastolín lloraba, o gritaba, o pataleaba, y, a veces, las tres cosas a la vez. Los pájaros echaban a volar asustados, los conejos salían dando saltos y las musarañas se escondían en sus madrigueras, esperando a que el bosque volviera a ser un lugar tranquilo para poder salir.

Un día Trastolín les preguntó a sus padres:

—¿Qué es un rato?

Los dos se miraron sorprendidos y, titubeando, le respondieron:

—Dentro de un rato te contestaremos, ahora mismo no sabemos muy bien cómo explicártelo.

—¡No! —gritó enfurecido—. ¡Quiero que me lo digáis ahora!

Sus padres se marcharon preocupados a consultarlo con Bertina, la anciana consejera de los duendes. Ella, después de escucharlos con atención, les dijo:

—Es mejor que Trastolín vea el tiempo.

—¿Ver el tiempo? —le preguntaron a coro con cara de asombro.

—Sí, tenéis que conseguir un reloj de arena, y así vuestro hijo sabrá cuánto tiempo debe esperar para lograr algo… Aunque, pensándolo bien, es mejor que consigáis dos relojes. En uno de ellos, los granos de arena deben tardar en caer un minuto y en el otro, dos. Probad primero varias veces con el de un minuto, a ver qué pasa.

Como siempre, los consejos de Bertina fueron bien recibidos, pero nada más salir de su casa se dieron cuenta de lo difícil que sería conseguir los relojes de arena. Así que dieron media vuelta para preguntarle a Bertina dónde podrían encontrarlos.

—Podéis pedirle al duende-mago Prisco que os ayude, ya sabéis que puede hacer aparecer muchos objetos; a mí me materializó una olla el día que la mía se rompió.

De vuelta a casa, la madre de Trastolín preguntó:

—¿Y si, en lugar de que haga aparecer dos relojes de arena, le pedimos que haga magia con nuestro hijo para cambiar su mal humor y que aprenda a esperar?

Y así se lo pidieron al duende-mago Prisco cuando llegaron a su casa, pero él, lanzando una sonora carcajada, les dijo:

—¡Eso es imposible! Yo no puedo hacer que cambie vuestro hijo.

—¿Y por qué no, si eres un mago? —le preguntó el padre de Trastolín.

—Porque las personas solo pueden cambiar por sí mismas. Nadie puede cambiar a otro.

—¿Y qué podemos hacer nosotros? —preguntó su madre.

—Tratadle con mucho cariño, pero también debéis establecer límites y, por supuesto, poned en práctica el consejo de Bertina. ¡Ah! Y no cedáis nunca ante sus pataletas. Si es necesario, os ponéis tapones en los oídos…

Los tres se rieron con ganas, esperando ver el resultado de los consejos de Prisco y Bertina.

Entonces Prisco se fue a una enorme mesa llena de frascos, botellas y platos con diferentes hierbas. Mezcló un poco de polvo de estrellas, un poco de néctar de bromelias y unas gotas de rocío, mientras decía unas extrañas palabras que no habían oído jamás.

De pronto, ante sus ojos aparecieron encima de la mesa dos bonitos relojes de arena dorados, uno más grande y otro más pequeño.

Los padres de Trastolín se marcharon a su casa muy contentos con los dos relojes y no tardaron mucho en poder usar el más pequeño.

—¡Quiero comer ahora! ¡Tengo mucha hambre! —gritó su hijo.

Su padre estaba en ese momento terminando de cocinar, así que su madre, sin hacer caso a sus gritos, se acercó a Trastolín y le puso delante del plato el reloj de arena mientras le decía:

—Mira con atención cómo van bajando los granos de arena. Cuando todos hayan caído, papá te servirá la comida en el plato.

Trastolín se puso a mirar atentamente el reloj y se quedó como hipnotizado, en silencio. En cuanto los granos de arena terminaron de caer, se encontró la comida en el plato.

—¿Has visto, hijo? Eso es un rato. No ha sido tan difícil esperar un poco, ¿verdad?

Trastolín no dijo nada y se puso a comer muy tranquilo, y sus padres se miraron sonriendo. De momento, la solución de Bertina funcionaba.

Al día siguiente, después de desayunar, Trastolín le dijo a su madre:

—¡Quiero que me leas un cuento! ¡Ahora!

Pero ella, sin prestar atención a sus gritos, le dijo con voz calmada mientras le ponía delante el reloj de arena más grande:

—Cuando quieras que te lea un cuento debes pedírmelo por favor y sin gritar, y ahora mira con atención cómo van bajando los granos de arena. Cuando todos hayan caído, me llamas.

Trastolín se puso a mirar cómo caían los granos de arena mientras iba contando los números que ya se sabía, y al terminar vio como su madre se acercaba con su libro de cuentos preferido. Ella no le dijo nada, esperando que su hijo se lo pidiera de buenas maneras.

—¡Léeme un cuento! Ya ha pasado un rato.

—Sabes cómo me lo tienes que pedir, así que espero que lo hagas bien para empezar cuanto antes.

Solo pasaron unos segundos hasta que Trastolín, en voz baja y más calmado, le dijo a su madre:

—¿Me lees un cuento, por favor?

—Como has sabido esperar y me lo has pedido por favor, hoy voy a leerte dos cuentos.

—¡Bien! —gritó entusiasmado Trastolín mientras su madre se acercaba a él, le sentaba en sus rodillas y comenzaba a leer:

«Había una vez un bosque encantado donde vivía un mago…».

Tips para familias y educadores:

⭐ Una de las causas de las rabietas y de muchos enfados en los niños es no saber esperar. Puedes entrenarle en la espera, como si fuera un músculo que se va fortaleciendo con el ejercicio, pero también debes elogiar cada situación en la que el niño lo consiga y que sea capaz de demorar una recompensa o de entender que no va a recibir de forma inmediata algo que sea muy gratificante para él.

⭐ Es importante también enseñarle a diferenciar lo que es un deseo de lo que es una necesidad. Su impaciencia se debe modular ante un deseo, aunque debes acudir siempre que te necesite, si comprendes que se trata de solucionar un problema importante o de ayudarle en algo que te pide y que no puede hacer solo.

⭐ No cedas nunca ante sus rabietas ni ante el chantaje emocional, pues debe aprender que esa no es la forma óptima de conseguir lo que quiere. Si lo haces, entiende que ese es el método adecuado, y las rabietas persistirán e incluso aumentarán. Comprende que los adultos somos responsables de esos aprendizajes, en un sentido o en otro.

⭐ Dile «no» cuando sea necesario, poniendo claros los límites para que sepa lo que se espera de él y para que así comprenda las consecuencias de no cumplirlos. Los límites y normas que consideres oportunos deben ser congruentes con su maduración y con su grado de comprensión, y ser constantes, que no dependan de tu estado de ánimo o de otras circunstancias personales. Solo pueden cambiarse por un motivo justificado que deberás explicarle; por ejemplo, cuando está de vacaciones, puede cambiarse su hora de irse a la cama o, si ese día hay un cumpleaños en su clase, a lo mejor puede comer alguna golosina.

⭐ En lugar de decirle a todo que «no», dale alternativas; por ejemplo: «Ahora no puedo, pero después de cenar, sí» o «Mañana vamos a volver al parque». Debe comprender que no todo depende de su voluntad.

⭐ También debes enseñarle a pedir por favor las cosas y a tener en cuenta a los demás. Debe pasar de estar siempre centrado en sus necesidades a comprender las de los demás para respetarlas. Este aprendizaje social le ayudará a relacionarse mejor con otros niños y adultos.

⭐ Los demás no deben hacer siempre lo que él quiere. En el cuento, el protagonista se enfada con sus hermanos y les grita porque ellos no hacen lo que él quiere. El niño puede entender que, frente a su deseo, se encuentran los de otras personas, y no siempre van en la misma dirección.

⭐ Una de las soluciones que se plantea con el empleo del reloj de arena es ver el tiempo. Puedes inventar otras formas de conseguir el mismo objetivo, esperar y ponerlas en práctica para ver si funcionan. Por ejemplo, haz que se distraiga pidiéndole un favor o que te ayude con algo, o bien centrando su atención con algo que sepas que le gusta mucho.

⭐ Nadie cambia a nadie. Este es otro aprendizaje importante, pues solo podemos educar su carácter y ayudarle a cambiar una actitud impaciente por otra más paciente. Para ello, primero debes mostrarte tú paciente ante sus rabietas o imposiciones, sin sumarte a su caos. Solo desde la calma puedes darle un ejemplo de gestión emocional y hacerle ver que no es necesario gritar ni patalear para conseguir las cosas.

¡Que no se despierte!

Desde hacía un tiempo, los animales del bosque nunca hablaban alto, discutían en voz bajita y a nadie se le ocurría llamar a gritos a otro, para no despertar al dragón.

Aquella tarde, después de comer, Diego y su padre decidieron dar un paseo por el bosque, pero este le advirtió:

—Hijo, debes hablar en voz baja porque hay un dragón en el bosque y no quiero que se despierte, puede ser peligroso.

—¿Y cómo es un dragón, papi? Yo quiero ver uno.

—Nadie lo sabe —contestó su padre—, pero dicen que quien lo ve no regresa para contarlo.

—Pues a mí me gustaría ver uno —insistió Diego—. No creo que sea tan peligroso como dicen. ¿Y dónde vive?

—Supongo que en una cueva, cerca de la cabaña de madera que hay en el bosque, eso dicen, pues sus gruñidos vienen de esa dirección, aunque nadie se acerca por si acaso.

Después del paseo, Diego decidió que volvería un día él solo al bosque, dispuesto a conocer al dragón que tanto miedo provocaba.

Una tarde soleada, mientras sus padres se echaban la siesta y su hermana dormía en la cuna, se fue al bosque. Nada más pasar los primeros árboles, se encontró con un zorro que le dio el alto.

—¿Dónde vas, niño?

—Quiero conocer al dragón —contestó Diego.

—Eso es imposible, es muy peligroso acercarse a su guarida. Pero, si quieres, puedo contarte lo que me han dicho a mí de él.

Diego se sentó en el tronco de un árbol caído, dispuesto a escuchar al zorro.

—Dicen que sus gritos te ponen los pelos de punta.

—¿Sí? ¿Y qué más? —le preguntó lleno de curiosidad.

—Dicen que otras veces se oye un llanto desgarrador.

—¿Y tú lo has oído?

—Eso sí, y puedo asegurarte que aún lo recuerdo y me hace temblar.

—¿Y qué más te han contado?

Diego escuchaba con atención todo lo que el zorro le decía y le entraban todavía más ganas de verle, porque era muy valiente.

—Dicen que a veces parece que golpea la tierra con sus enormes patas y todo el bosque retumba.

—Pues voy a acercarme a esa cabaña a ver si consigo verle cuando salga de su cueva, aunque espero que él no me vea a mí.

El zorro no quiso acompañarle, pero salió corriendo a llamar a otros animales, que siguieron al niño a cierta distancia, porque también ellos sentían curiosidad.

Diego encontró enseguida la cabaña siguiendo el rastro de humo que salía de la chimenea. Cuando estuvo a cierta distancia de la puerta, gritó:

—¿Hay alguien ahí?

De pronto, la puerta de la cabaña se abrió y salió una anciana, que le dijo muy nerviosa:

—¡Calla! ¡No grites! ¡No quiero que se despierte!

Diego se acercó a ella y le dijo:

—Solo quiero que me diga dónde vive el dragón, me gustaría verle…

—¿Un dragón? ¿De qué dragón hablas? Por aquí no he visto ninguno —dijo ella extrañada.

—Me han dicho que vive en una cueva cerca de la cabaña de madera.

—Pues te han informado mal. Conozco el bosque como la palma de mi mano y te digo que aquí no hay ninguna cueva.

Apenas había terminado la frase cuando se oyó un grito desgarrador. Diego se quedó quieto, intentando averiguar de dónde venía. Cuando estaba a punto de preguntárselo a la anciana, una niña apareció en la puerta y gritó:

—¿Por qué me has despertado?

—Es… Es mi nieta… —balbuceó la anciana—. Ya te dije que era mejor no despertarla.

Diego la miró y se echó a reír, pero la niña gritó con más fuerza:

—¿Y tú de qué te ríes, enano?

Diego se acercó a ella y le dijo:

—¿Enano? Ponte a mi lado y te diré quién es más pequeño.

La niña se calló, dio media vuelta y entró en la casa dando un portazo tan fuerte que el suelo del bosque tembló.

Los animales que le habían seguido hasta allí salieron corriendo despavoridos, pero Diego se acercó a la anciana y le preguntó:

—¿Qué le pasa a su nieta? ¿Por qué está tan enfadada?

—¡Ay! Si lo supiera, te lo diría. Está enfadada desde que se levanta hasta que se acuesta, y no hay nada que le haga reír. A veces yo misma me asusto de sus rabietas y pienso que va a destrozar la casa. Deberían llevársela sus padres, yo no sé qué hacer con ella.

Diego pidió permiso a la anciana y entró en la casa. Había un montón de cojines rotos tirados por el suelo, juguetes destrozados, y la niña estaba en un rincón del salón acurrucada debajo de la ventana. Se acercó a ella y le preguntó:

—¿Cómo te llamas?

—¿Y a ti qué te importa? —contestó ella sin mirarle.

—Bueno, me gustaría ser tu amigo, anda, dime cómo te llamas…

—Me llamo Sofía y no tengo amigos porque soy un pequeño monstruo; eso dicen mis padres.

—Pues la gente del pueblo y los animales del bosque piensan que eres un terrible dragón —añadió Diego conteniendo la risa.

Aquellas palabras hicieron que Sofía se levantara y, para su sorpresa y la de su abuela, la niña se echó a reír con todas sus fuerzas, y los dos se rieron con ella.

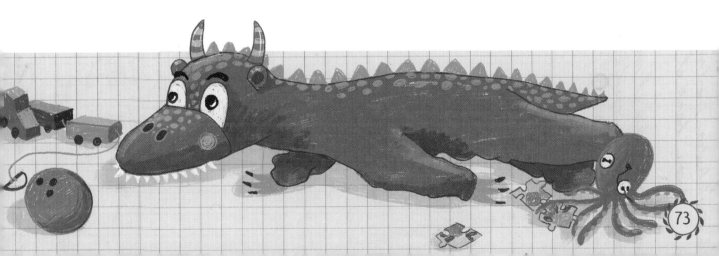

—Así que piensan que mi nieta es un terrible dragón —le comentó la abuela a Diego—. Bueno, a veces puede parecerlo, pero tiene un corazón de oro. Antes de tener un hermanito, Sofía era cariñosa y amable, casi nunca se enfadaba y, cuando lo hacía, le duraba poco tiempo el enfado.

—Tengo una idea —le dijo Diego a Sofía—. Quiero presentarte a unos amigos, verás qué sorpresa se van a llevar.

Diego y Sofía salieron de la cabaña y, cuando estaban en medio del bosque, el niño gritó:

—¡Eh! ¡Amigos del bosque! ¡Venid! ¡Venid! ¡Quiero enseñaros algo!

Unos cuantos animales, con el zorro a la cabeza, se acercaron y le dijeron:

—¡No grites, por favor! ¡No queremos que se despierte el dragón!

—Pues precisamente… ¡Quiero enseñaros al dragón! —Y en ese momento la niña dio un paso al frente para que todos la vieran.

—¡Es una niña! ¡Es una niña! —gritaron todos a la vez.

—Sí, soy una niña, y me llamo Sofía —dijo ella, fascinada al ver tantos animales que daban vueltas a su alrededor asombrados.

—¿Eres tú la que grita tanto? —le preguntó uno.

—¿Eres tú la que hace temblar el bosque? —le preguntó otro.

—¿Y eres tú la que nos pone los pelos de punta con esos alaridos?

Los animales se echaron a reír, y con ellos Diego y Sofía, porque la risa es contagiosa. Cuando ya todos se habían cansado de reír, el zorro se acercó a la niña y le preguntó:

—¿Y ahora nos quieres contar por qué estabas tan triste o tan enfadada?

Sofía se sentó en el suelo junto a Diego, y los animales formaron un corro a su alrededor porque todos querían saberlo.

—Mis padres me han dejado con la abuela porque he tenido un hermanito que ha nacido prematuro y tienen que estar en el hospital con él. Creo que ya no me quieren —añadió dejando caer una lágrima—. Me han dejado aquí sola… Además no tengo amigos, y la abuela no me deja salir de casa porque piensa que vosotros sois peligrosos.

Los animales se miraron entre sí extrañados por su respuesta y se quedaron en silencio sin saber qué decir, pero Diego se levantó y le dijo:

—Seguro que te siguen queriendo. Yo también me enfadé al principio cuando nació mi hermana porque pasaban mucho tiempo con ella, pero ahora sé que nos quieren a los dos igual.

—Además… —añadió el zorro—. Si tu hermanito está en el hospital, es normal que quieran estar con él. Te han dejado con tu abuela para que te cuide, y eso significa que te quieren y que se preocupan por ti.

—Nosotros podemos ser tus amigos, si tú quieres —dijo la liebre—. Pero no vuelvas a asustarnos. ¿Lo prometes?

—Lo prometo —contestó Sofía, ya más tranquila—. Pero ¿me enseñaréis todo el bosque?

—Hablaré con tu abuela —dijo Diego muy decidido—. Y también con mi padre, para que me deje venir todos los días a jugar contigo.

Y desde aquel día, ya nadie habla bajito ni tiene miedo a que se despierte el dragón, y las risas de Diego y Sofía se oyen por todo el bosque.

Tips para familias y educadores:

🍃 En este cuento vemos que hay diferentes motivos para enfadarse y para comportarse de forma agresiva. En este caso, los causantes son los celos y el sentimiento de abandono de la protagonista.

🍃 Si el niño es capaz de verbalizar lo que siente y por qué lo siente, sin creer que está siendo juzgado, su actitud puede cambiar. Un adulto empático descubre lo que hay detrás de una emoción y debe legitimarla siempre sin justificar por ello su conducta. En el cuento, la abuela no comprende a su nieta: no sabe por qué ha cambiado tanto ni qué puede hacer para que se encuentre a gusto.

🍃 Por otro lado, un adulto debe contener los comportamientos violentos, poner límites claros y hacer ver al niño las consecuencias de sus actos. La abuela del cuento, con tal de que su nieta esté contenta, en su casa no le pone límites, pero lo que consigue es el efecto contrario. Los niños necesitan límites claros para sentirse seguros; si no, se convierten en niños inseguros y exigentes.

🍃 Decir «no» y poner límites es una forma de mostrar amor y de cuidar de los pequeños. Debe hacerse con una postura firme y calmada para que entiendan que no todo se consiente en su casa, como por ejemplo destrozar los cojines o los juguetes. En el cuento se ve que esa explosión de ira es por falta de autocontrol en Sofía, algo natural porque es pequeña y por una falta de estrategias de su abuela para cambiar su conducta.

🍃 La empatía del adulto podría haber ayudado al proceso de cambio de Sofía, pero parece que no ha habido una buena comunicación que la ayudara a comprender la nueva situación de vivir con su abuela de forma temporal. Los niños necesitan explicaciones claras cuando se producen cambios en sus vidas.

🍃 Para prevenir los celos, se deben evitar cambios en la vida del niño que coincidan, por ejemplo, con la llegada de un hermano, aunque en este cuento hay motivos que al principio Sofía no comprende en lo que se refiere al comportamiento de los padres. Se debe tener en cuenta cómo las decisiones de los adultos afectan a los niños, ya que ellos no siempre entienden nuestros motivos.

🍃 Diego es un niño empático que pronto se da cuenta de lo que le pasa a Sofía y le ofrece su amistad. Es el comienzo de un cambio de actitud y de conducta, que pasa del enfado a la risa.

🍃 Cuando Sofía expresa lo que siente a sus nuevos amigos, estos pueden darle una visión diferente de lo que ella interpreta como un abandono. Al sentirse escuchada, escucha a los demás. En este cuento vemos cómo el hecho de compartir los sentimientos y desahogarse puede obrar la magia para el cambio.

🍃 Todo lo que hacemos y decimos en nuestra vida tiene consecuencias. Y el niño debe saber cuáles son las consecuencias de sus conductas o, como en el caso del cuento, de sus enfados constantes. No se trata de criticarle, pero sí de ayudarle a que sea consciente de ello.

🍃 Sofía no sabe salir de la frustración y de la rabia al sentirse abandonada y, a la vez, su autoestima está muy baja por los comentarios de sus padres. Está pasando por una situación complicada y además muchos niños no saben cómo expresar bien lo que sienten cuando son pequeños; por eso, las rabietas son el medio que utilizan para comunicar su malestar, y la función de los adultos es ayudarlos y darles estrategias para salir de ellas y sentirse mejor.

Flor de invernadero

Jaime era un niño bastante normal, estaba sano, comía bien y se divertía mucho jugando con su consola, viendo películas de dibujos y pintando en su cuaderno. Pero sus padres le trataban de una forma muy especial, como si fuera una extraña y valiosa criatura que necesitara cuidados especiales para sobrevivir.

Su habitación se parecía a un invernadero. Mantenían una temperatura constante para que no pasara ni frío ni calor, y vigilaban la calidad del aire y la luz que entraba por la ventana, que no debía ser demasiada para no perjudicar su fina piel.

Le alimentaban con productos orgánicos, sin pesticidas, ni conservantes, ni colorantes, para que creciera sano y fuerte. Siempre le daban agua embotellada, por miedo a que la del grifo tuviera alguna sustancia tóxica. Por supuesto, no le dejaban jugar en el exterior, y solo salía de su casa para ir al colegio en el coche de su padre. Por la tarde le recogía su madre y le llevaba directo a casa, aunque a él le habría gustado quedarse un rato jugando en el parque, como algunos de sus compañeros, pero sus padres no querían que se cayera y se hiciera daño.

Jaime estaba cansado de jugar solo, de dibujar solo y de mirar a través de las ventanas cómo pasaban las estaciones, y pensaba que el mundo era un lugar tremendamente aburrido. Si por lo menos sus padres le dejaran salir a la calle a jugar… Pero, por más que se lo pedía, siempre le contestaban que no.

—Jaime —le dijo una mañana su madre al despertarle—, tu padre y yo tenemos que atender al abuelo. Ya sabes que está malito, y hemos pensado en mandarte al pueblo unos días, a casa de tu tía Pepa. No nos gusta nada la idea, ya sabes que el pueblo es un lugar peligroso donde puedes coger muchas enfermedades, pero le diré a mi hermana que te cuide mucho.

Jaime, aún medio dormido, gritó:

—¡No voy a ir! Habrá gérmenes, mosquitos, animales peligrosos y suciedad por todas partes. ¡No quiero ir!

—Bueno… Ya está decidido. Además… ¿no decías que te aburrías solo en casa? Pues allí estarás con los primos y…

Jaime se puso a llorar de tal manera que su padre asomó la cabeza por la puerta, asustado.

—¿Pero qué pasa, hijo? ¿Por qué lloras de esa manera?

—¡No voy a ir al pueblo! —contestó mientras lloraba aún más fuerte.

—Mira, te voy a preparar una mochila con todas las cosas que vas a necesitar —le dijo su madre intentando que se tranquilizara—. Meteré una mosquitera para que la pongas sobre tu cama, gafas de sol, crema protectora y una gorra para que no te queme el sol; un jersey por si tienes frío, un chubasquero, un paraguas y unas botas de agua por si llueve, y te llevaremos una caja de botellas de agua mineral por si el agua del pueblo está contaminada, ¿qué te parece? Y le diré a la tía Pepa que te cuide mucho y que solo te dé comida orgánica. Te sentirás como en casa, ya verás.

Llegó el día temido, y Jaime no tuvo más remedio que quedarse en el pueblo junto a su tía Pepa y sus primos Tania y Carlos, mientras miraba cómo se alejaba el coche de sus padres.

Ese día lo pasó mal, muy mal. No quería salir de casa, pues tenía mucho miedo de los peligros a los que se podía exponer; no quería comer y lloraba de rabia frente al plato de ensalada recién cogida de la huerta porque pensaba que estaría llena de gérmenes y que le sentaría mal. Su tía Pepa no sabía qué hacer para que se sintiera bien. Pensó que sería cuestión de tiempo y que, cuando tuviera hambre, se comería cualquier cosa que le pusiera en el plato.

No tenía su consola y se aburría soberanamente hasta que oyó los gritos de sus primos y de otros chicos del pueblo, y decidió averiguar por qué se lo estaban pasando tan bien. Abrió la puerta con bastante miedo y, al salir a la calle, se puso a correr detrás de ellos, pero tropezó con una piedra y se cayó. Jaime comenzó a llorar y a gritar mientras miraba, asustado, la herida que se había hecho en la rodilla. Al escuchar sus gritos, se acercó corriendo su prima Tania.

—¿Te has hecho daño? —le preguntó.

—Sí, mucho —contestó Jaime entre suspiros.

No te preocupes, vamos a casa y te echaré agua oxigenada y luego te pondré una tirita. Mi padre me ha enseñado cómo se curan las heridas pequeñas, y la tuya es muy pequeña.

—¿Estás segura? Sale sangre… —añadió Jaime.

—¡Por supuesto! —contestó ella sin dejar de sonreír.

Jaime no entendía nada porque aquella era la primera vez que se caía y tampoco sabía lo que era el agua oxigenada ni la tirita, pero no se atrevió a preguntar. Después de curarle la herida, Tania le propuso un plan.

—¿Vienes a jugar con nosotros a la fuente? Allí nos divertimos mucho tirándonos globos de agua.

—No, no me gusta mojarme y además seguro que hay mosquitos —contestó muy enfadado.

—Pues tú te lo pierdes —le dijo ella mientras se marchaba corriendo.

Jaime decidió volver a casa y quedarse dibujando mientras su tía le miraba extrañada.

—¿Por qué no vas a jugar con tus primos?

—¡No quiero jugar con ellos! —contestó Jaime muy enfadado—. Son unos brutos.

Llegó la noche y después de cenar una lata de sardinas porque tenía mucha hambre, decidió salir a la calle donde todos charlaban y reían.

—¿Quieres jugar a las cartas? Es muy divertido —le dijo su primo Carlos.

—Bueno, eso no se me da nada mal, suelo ganar a mis padres —contestó sonriendo por primera vez desde que llegó al pueblo.

Carlos jugaba muy bien y ganó la primera partida, pero a Jaime no le gustó nada perder y le acusó de hacer trampas.

—¡Yo no hago trampas! ¡Lo que te pasa es que no sabes perder! —le gritó enfadado su primo.

Su tía Pepa tuvo que intervenir y les dijo:

—Chicos, en los juegos a veces se gana y a veces se pierde, eso es lo normal, no pasa nada, Jaime. Podéis volver a jugar y a ver quién gana ahora.

—¡Yo no voy a jugar más! —gritó Jaime mientras lloraba de rabia, para asombro de sus primos, y se marchaba a su habitación.

Los tres suspiraron al verle marchar, pero Tania le siguió.

—¡Venga, Jaime, vuelve con nosotros! Si no quieres jugar, no juegues, pero puedes mirar cómo lo hacemos.

—Está bien —dijo él—. Así veré si Carlos hace trampas.

Todo parecía ir bien hasta que Jaime gritó:

—¡Me ha picado un mosquito! ¡Me ha picado un mosquito! ¡Ahora me pondré malo y me tendréis que llevar al hospital!

Para su asombro, los tres se echaron a reír a carcajadas y él se quedó en silencio, sin entender por qué lo hacían.

—¿Al hospital por un mosquito? Pero ¿tú de qué planeta vienes? —le preguntó entre risas Carlos.

—No te preocupes —le dijo Tania acercándose a ver la picadura—. Te voy a dar aceite de limón y así se alejarán de ti.

—Mira, Jaime —añadió su tía Pepa—. Es normal que haya mosquitos en verano, pero no pasa nada porque te piquen, aunque la idea de tu prima es muy buena.

Después de unos días, Jaime empezó a sentirse mejor. Comía todo lo que su tía Pepa le ponía en el plato, e incluso muchas veces repetía. Bebía agua del grifo porque se dio cuenta de que todos lo hacían y a ninguno le pasaba nada. Casi todas las mañanas se echaba aceite de limón por los brazos y por las piernas, aunque a veces se le olvidaba, y también crema protectora porque en esos días de verano el sol calentaba con fuerza.

Empezaba a sonreír con más frecuencia, incluso se reía y gritaba mientras jugaba con sus primos en la plaza del pueblo. Su tía Pepa estaba muy contenta de ver el cambio y, cuando llegaron sus padres a recogerle, no se imaginó lo que Jaime les iba a decir:

—¿Puedo quedarme más tiempo en el pueblo? Por favor…

—¡Sí! ¡Sí! ¡Dejad que se quede! ¡Dejad que se quede! —gritaron a coro Tania y Carlos.

Sus padres se quedaron mudos, mirando perplejos las heridas de sus rodillas, las picaduras de mosquito en sus brazos, la suciedad de sus manos, su pelo revuelto y su cara colorada.

—¿Estás bien, hijo? —le preguntó su madre mientras le abrazaba.

—¿Y esas heridas? ¿Y esas mejillas quemadas? ¿Y ese pelo? —le dijo su padre mientras le hacía un repaso.

—Me lo estoy pasando en grande y me divierte mucho estar aquí. En casa me aburro… Por favor… Unos días más…

—Pe… Pe… Pero, hijo... —tartamudeó su madre asombrada por sus palabras—. Pensábamos que estarías deseando volver a casa, allí estás más seguro…

—No debes quedarte más tiempo aquí, fíjate cómo vas, seguro que pillas alguna enfermedad… —añadió su padre muy serio.

Jaime miró a sus padres y después a su tía, esperando su ayuda.

Entonces su tía Pepa miró fijamente a su hermana y le dijo:

—¿Por qué no le dejas todo el verano? Mi querida hermana, Jaime no es una flor de invernadero, es un niño. Recuerda lo bien que te lo pasabas aquí cuando eras pequeña, y lo sanas que hemos crecido.

Al final accedieron y Jaime los abrazó con fuerza al despedirse.

Para Jaime aquel fue el mejor verano de su vida y, desde entonces, todos los veranos, por lo menos un mes, vuelve al pueblo, y nada más llegar se va corriendo a jugar con sus primos.

Ahora bebe agua del grifo, aunque sus padres han puesto un filtro por si acaso. Come de todo, aunque sus padres siguen comprando comida orgánica. Y todos los días, al salir del colegio, se va un rato con sus amigos al parque o queda con alguno en su casa para jugar a un videojuego o a las cartas. A veces gana y a veces pierde, pero siempre se divierte.

Tips para familias y educadores:

🌿 En este cuento vemos reflejados algunos problemas que se derivan de un exceso de protección a los niños. Para Jaime, el mundo es un lugar peligroso del cual le protegen sus padres, hasta que se ve expuesto a una situación donde las pautas que ha recibido ya no le sirven.

🌿 Por supuesto, la misión del adulto es protegerle y no poner en riesgo su seguridad, pero también lo es ayudarle a que crezca y a que se desarrolle como una persona feliz. Para ello, no debes confundir «protección» con «hiperprotección» o «sobreprotección».

🌿 Cuando un niño no aprende a enfrentarse a las dificultades, puede surgir en él un sentimiento de incapacidad, y pueden aparecer miedos irracionales, ansiedad ante los cambios o una tensión casi continua provocada por la propia ansiedad y por los miedos de los adultos. Es precisamente el miedo a vivir en una situación diferente la que le provoca esa frustración al protagonista del cuento.

🌿 Si continuamente advertimos al niño de todos los problemas que se puede encontrar en la vida, aunque sean improbables o insignificantes, andará por el mundo con miedo a lo que le pueda ocurrir. Numerosas investigaciones demuestran la relación entre sobreprotección y ansiedad en los niños.

🌿 También es importante dejar que resuelvan los problemas por sí mismos. Si se lo damos todo solucionado, no se entrenará en algo tan importante como aprender a gestionar los problemas. Además disminuirá su autoestima porque pensará que, si se lo hace el adulto, es porque él no es capaz.

🌿 El niño necesita saborear sus éxitos y superar sus fracasos, tratar de mejorar y alcanzar metas difíciles. Debes prepararle para que pueda participar en la sociedad, y para ello no hay que enmascarar la realidad cotidiana.

🌿 La autonomía emocional del niño es una competencia de la inteligencia emocional, que ejerce de factor protector para numerosos problemas causados por la dependencia, desde ser víctima de maltrato hasta no atreverse a realizar sus sueños. Puedes enseñarle a ser resiliente, fuerte frente a las dificultades, que es una actitud que debe trabajarse desde pequeños.

🌿 Cuando le leas este cuento, puedes preguntarle sobre sus miedos y recordar también sus momentos de valentía. Es importante que aprendas a verle como un ser lleno de capacidades que, si no se desarrollan, a veces es porque los adultos no dejamos que lo hagan o porque ni siquiera confiamos en que las tengan.

🌿 Como se ve en el cuento, no siempre se puede ganar. Aprovecha para que comentéis en grupo cuándo habéis ganado algo y cuándo habéis perdido. Enséñale que no pasa nada por perder, fallar o equivocarse, pues en eso consiste precisamente la emoción del juego. Pero, si le has dejado ganar siempre, como le sucede a Jaime, no se habrá entrenado en gestionar la emoción que surge al perder y podrá reaccionar de una forma inadecuada.

🌿 Normalizar y prepararle para un funcionamiento en la sociedad es la función del grupo de iguales; de ellos llegan, como se ve en el cuento, muchos aprendizajes significativos. Por esta razón, es importante que ayudes al niño a que tenga amigos.

Primera edición: febrero de 2020

© 2020, Begoña Ibarrola, por el texto
© 2020, Blanca Millán, por las ilustraciones
© 2020, Penguin Random House Grupo Editorial, S.A.U.
Travessera de Gràcia, 47-49. 08021 Barcelona

Printed in Spain – Impreso en España

Maquetación de Blanca Millán

ISBN: 978-84-488-5402-7
Depósito legal: B-22.499-2019

Impreso en Soler Talleres Gráficos
Esplugues de Llobregat (Barcelona)

BE 54027

Penguin
Random House
Grupo Editorial